海水漲滿我的雙眼

宇文正 著

孫晨哲 C.C. Tomsun 攝影

忍不住的詩

詩人・羅智成

「我一直靠寫作掩飾」宇文正在詩中說道。

「正是因為詩最能掩飾，所以最能暢所欲言吧？」

也許感覺碰觸到某根琴弦，我試圖以這樣的回應來轉移話題：「或者，有時，在詩的掩飾中，我們再不必也不想掩飾了！」

《海水漲滿我的雙眼》和上一本詩集《我是最纖巧的容器承載今天的雲》有顯著的不同。第一部作品較為精緻、華麗，更突出巧思，更重修辭，猶帶著跨界書寫者特有的企圖與賣力。《海水漲滿我的雙眼》則繼續往前走，從容自在，專注於抒發、表達；一個嫻熟自信的創作者，無需證明自己，她只需召喚充沛的情緒或感觸，吹掠過內心曲折的孔竅，就能發出各式天籟，遠近的讀者也都能收到那豐盛、真實的訊息，並產生深遠的共鳴。

在生活中，每個人可能都有很多不同的面貌。而我相信，如果是創作者的話，他們最認真看待、最細心收藏的那一面，往往留給詩創作時的自己。因為詩所預設、期待的讀者——當他們越過重重干擾，經過私密文字的引導或阻礙而來，很可能比一般人更理解、更靠近也更願意聆聽。所以，在這樣的時刻，作者會更誠實，更願意卸下防衛與慣性思維，去發掘與描繪自我。

我一直認為，詩人與他預設的讀者，當他們書寫或閱讀時，其實都隱隱期待在用心安排的文字中，去實現某種理想的關係。在那樣的關係裡，彼此都能找到適切的位置，去密切交流，去安置自己，換個態度或方式和生活、和世界打交道，獲得片刻的慰藉與休息。《海》給我的第一個感覺，就是宇文正似乎找到了這樣的關係。於是她不再隱忍、遲疑，用了六卷詩作，傾訴了一個在快速流動的生命進程裡，細心感受又勇敢堅持的心靈。

我喜歡宇文正的詩，因為它們「情有所本」——字裡行間似乎有許多故事縈繞，給了這些溫柔敦厚的情感紮實的根據，特別讓人想用心聆聽。這樣的感覺從何而來？是我認識她比較多一些嗎？還是她小說作者的專長讓我容易感受到這些？因為這樣，她細緻耽美的文字，就不會過度突顯，而是自然地融入親密又充滿詩情的語法中，顯得極有感染力。

在洋溢著或悲或喜的濃情蜜意裡，她對於意象用心且穩妥的經營也常常帶給人驚喜。一般而言，意象有其強大的個性與意涵，往往會帶動並影響到上下文的屬性與氛圍，使用意象有時得在飽滿修辭與主導意象之間做出選擇，以免相互干擾。但是宇文正這兩者的調配非常適切，有如銀灰色戒台與藍寶石的搭配。主要的原因，應該是她創造的意象雖然生動鮮明，但並不唐突、強烈，而是緊貼著整體的情緒與氛圍。無論菊石還是冰塊，都會把你拉進更深的感性，而非帶開。

我讀《海》時，的確未預期地被某種洶湧的能量所觸動，那是超越精美文字與表達技巧的，強烈的情感與深刻的情懷。我會不由自主去關注詩行裡傳來的訊息，努力還原作者內心的場景。這是一部誠實、率真、幾乎完全放開的，傾訴之書。

這是一本傾訴之書，在詩這特有的親密文體的掩護與助力之下，宇文正盡情——甚至是帶著寫詩的痛快地——抒發了在生活中不同時刻、生命中不同階段所積累的感觸與心境。這當中很大一部分，是藉由「興」的即物起念手法，宣洩著對青春的銘記、對往昔的悼念，於是我們會在第一卷「白色，流光」通篇看到這些美麗的懷想，例如：

遇見第一朵梅的初冬，

我想起十五歲的孤獨。（卷首）

請不要問
青春限定的星星還有光嗎？
不要派遣風來索討
它是夢的琥珀
嵌進我跳動的心臟（東海）

這類主題比例很高，我們不時看到繽紛易感的青春詠嘆，愛情初始的生澀原貌，浪漫的憧憬與疏闊的志向，重溫單純美好的黛綠年華。當我看到長年縈迴心中的「青春舞曲」也在光影的流動中被她輕輕唱出，幾乎可以確定那些書寫的時刻，作者正意圖重現或留住年輕時的記憶，去抵抗「逝者如斯」的焦慮。當然，在過往的記憶裡，也有許多傷感與憐惜，特別是那些我們嫉妒、珍惜的人與物的消逝：

我的衣裳頻頻回首
已找不到起跑點
我捧出它們
每一件都那麼潔淨
乾燥
那麼輕（遠遠望著自助洗衣店）

當這樣一個捧著烘乾的衣服，貼向臉頰，閉目感受的畫面在文字中產生，宇文正在自己的內心裡演出的電影我們幾乎歷歷在目，這是非常精確、流暢的表現手法，可能也是她最擅長的訴說方式。伴隨著對過往的緬懷，必然就是對當下生活片刻的把握與珍惜。許多相當迷人的作品都與此有關，它們通常專注於日常生活各個角落的審美，也非常真實地反映出作者豐富自足的現實生活。其中第四卷的植物，以及不管哪一卷都會跑出來的貓咪，還有星星、季節、咖啡渣和狗，在在表達出一個溫柔、易感的心靈和她的環境相知相惜。

辦公室地毯上的琴鍵已經延伸到腳邊了
我的精靈小腳丫落地輕輕
彈奏（精靈的小腳丫）

每一天剛剛醒來時
世界是圓滿的
我還來不及犯錯
來不及蹉跎時間
還沒有想起昨天生氣的事（今天世界是圓滿的）

這當中的語言是如此的動人，讓你覺得除了「興」或景與物的觸發之外，在更多的段落裡，她是主動為那些情懷去布置、選擇、創造那些情境與場景，她的觀點是如此靈動、活躍，使得她繽紛的心境，令人目不暇給。這些心境包含了對歲月流逝的焦慮，甚至是對時代變遷中共同記憶裂解的困惑，從而透過對更多家族的記憶或對過往的悼念，隱隱傳達自己的堅持：

聽說那顆星即將接近
航向它我開始悲傷
我知道這裡三十年
是它一個春天（我就要航向你）

有人停在書上

嶄新的一頁
有人跌進了另一本大書
寫著另一種語言
再也
再也無法
對話（歷史翻過了一頁）

他們從不道鄉愁
只是一遍一遍做出記憶裡的家鄉菜
他們從不訴說想念
只是一遍又一遍做出母親的味道
哺育在這片土地長大的兒女（父親）

《海》顯然也是一本對話之書。我們會看到一個熱切的傾訴者，採用了各式對話的形式，和生活對話、和往昔對話、和寵物對話、和過去與現在與未來的自己對話。深情款款的告白體透過想像中的第二人稱，把各種可能的「你」（有時就是自己）緊緊拉在身旁，盡情傾訴，無所不談。那些字字珠璣的詠嘆、晶瑩剔透的意象似乎被強大的表達意欲馴化，而回到它們在交響樂曲中該有的位置；相形之下，更多的主旋律來自生命的體悟與洞見，甚至是口語化、散文化的詞句所表現出來的，某種豁開來的書寫態度；因為對愈來愈多的事有愈來愈多的感觸，過多的修辭考量顯得礙手礙腳，詩便愈來愈回到「詩言志」的初始。

因此，《海》更是一本療癒之書，藉由深層書寫來進行療癒，藉由各式寵物或觀念寵物（例如星星），甚至是憂傷帶來的濯洗來自我療癒。在生活中，那些宿命的消逝、離去、傷痕與遺憾，在歲月中累積，只有在詩的魅惑性創作中可以痛快淋漓地宣洩，只有詩的語言，像阿凡達的世界一樣，每一種接觸都會幫你修復某一塊東西。

當冰塊被痛融化
你告訴自己：
你做得很好了
眞的很好了（當冰塊被痛融化）

也許是巧合，也許是緣分，讀這本詩集的時候，我很容易被觸動，生活好累，成長好累，寫詩好累，但在對的時候讀到對的詩作，你會覺得很幸運，好像在暴風雨過後，來到一處安靜、無名的港灣。你還來不及想得更多，只想停下來感受，連寫序也得暫時放下。

目次

卷三——輕輕

卷四——早晨的心事

卷五——於是我便開始流亡

卷六——一念霜融

遇見第一朵梅的初冬，

我想起十五歲的孤獨。

卷一

白色，流光

東海

我一直不曾歸還
從路思義教堂斜頂滾落的那顆
　星
懷揣著它　我曾一遍遍走過
通往牧場的小徑
當遠方燈火召喚
燕子、蟬都已沉睡
於是我帶著它遠行

請不要問
青春限定的星星還有光嗎？
不要派遣風來索討
它是夢的琥珀
嵌進我跳動的心臟

散步白堊紀

我是一枚沉默的菊石
為了抵抗遺忘
讓自己石化

那是一場地老天荒的夢
請撥開泥灰輕輕拂拭
不再能伸展的身軀
不再柔軟的觸手

你滑過我背上的骨縫
高溫海水便將熨燙你的手指
閉上眼。你的指尖
掃過木賊細長的莖
掃過羊齒卷曲的葉
輕觸鳳尾松的尖刺
海上黃昏鳥潛泳打起浪花
遠方鴨嘴龍嗶哩嗶哩嗤叫
而風啊
風吹來被子植物的花粉
盤古大陸已分裂

山在運動
山猶在運動

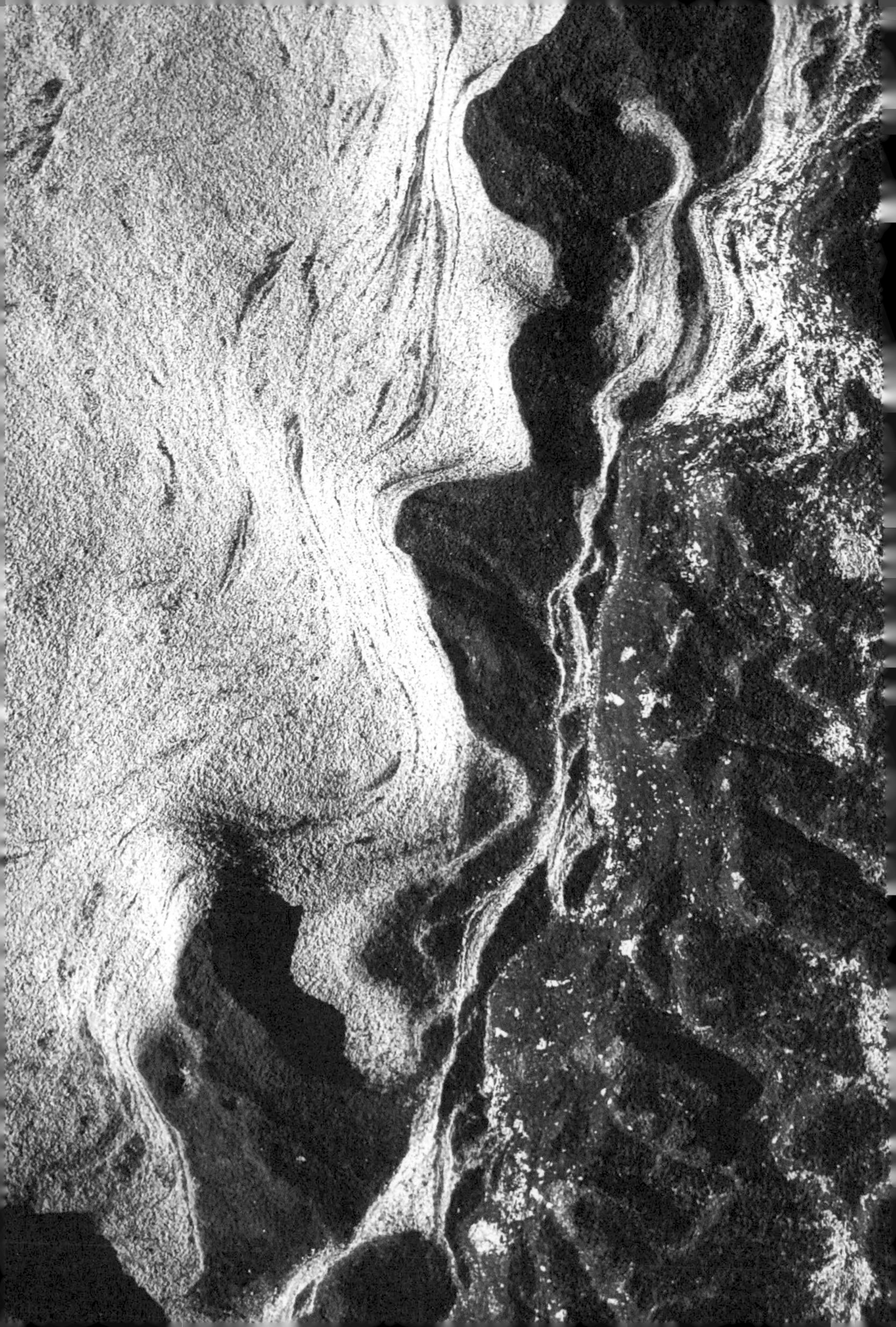

當我們談論貓時我們在談論什麼？

你的咪是太陽神的跟班
而你是咪的跟班
他走過的地方卑微的東西都有了尊嚴
落葉枯木鐵皮屋尋人啓事小七招牌
你跟著咪的眼睛看見菩提樹斷傷的枝幹
它的肌脈骨骼
看見春天的小葉欖仁
枝梢生出翠綠蝴蝶

你看到結構的音樂
幾何級數
站在那裡覺得被賜福
你說，錯過了青春
要把餘生當作青春

我的貓兒趴在柔軟小窩捲成貝果比斯吉芒果奶昔
我想咬一口深深吸一口
凝望深邃的眼瞳：你在想什麼？
高高站在冰箱頂上看我處理民生之事
在落地窗前對飛過的小鳥叫囂

對靜靜趴在玻璃上的蛾張牙舞爪
然後，把自己坐成一尊沙彌
我的貓兒總守著窗
他們是雲的跟班
我是他們的跟班

早上那朵雲不告而別了
陽光太熾烈太燦爛啊
我說小貓

這一季沒有野薑花

那是一個古老的火車站
售票小木窗口排著三兩個人
你從門外的光裡走進來手上抱著一大把野薑花
我不知道我們為什麼出現在這個火車站
這是哪裡
我好像並沒有心思等待什麼人
準備要到哪裡去
只是在人生沒什麼意思的煩躁裡忽然看見你

沾著露珠或是雨水
又或者根本是從小河撈上來的一大把新鮮野薑花
你從哪弄來的啊？
火車移動了
我在火車裡一直在火車裡

卜辭

你向夜空一擲筊
月芽就從雲端裡冒出來
我說吉
你說另一個杯筊沉到湖裡了
運勢依舊渾沌
不明

風畫下你向上拋擲的手勢

湖心月
波光瀲瀲

毛月亮

這潮汐也是你引起的吧我的月亮
沒來由的迫切感升起時我需要走出來
走出來與你相望
凝視你的毛邊
埋怨都是你都是你

你永遠能夠自滿而又好整以暇
有時謙虛得像不存在

看不見你的時候你住在我心裡
躲在我的心臟我的肺我的髮我的指甲
淡淡的月光啊我的眼睛裡藏著你
我的潮汐都因為你

當冰塊被痛融化

你很怕跌倒
怕流血、扭傷、破相
站不起來
更怕路人圍觀
於是你勤做深蹲
超慢跑
在寂靜的夜晚練習平衡
但人就是會在你意想不到的那一刻

不經意就跌倒
左手與右膝撐住撞擊
手掌快速腫脹
你還有力氣思考
起身走向最近的商店
自我完成醫療處置

當冰塊被痛融化
你告訴自己：
你做得很好了
真的很好了

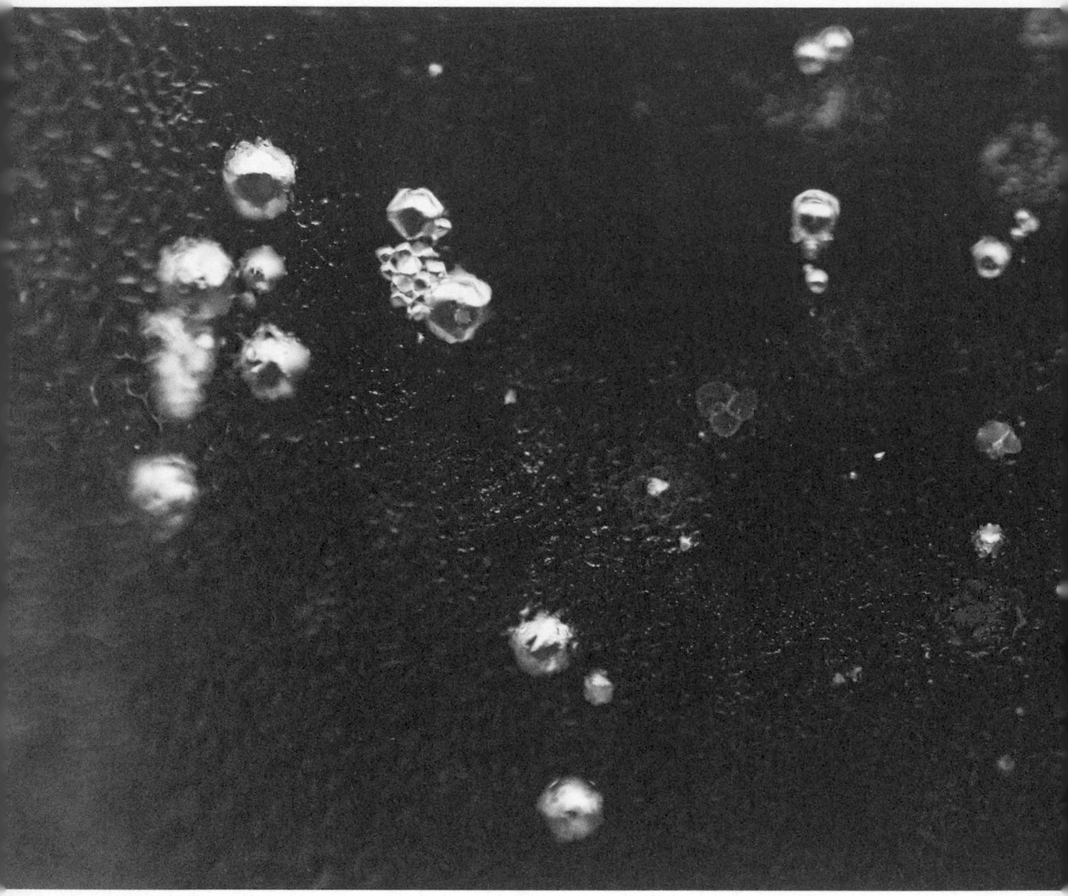

那時陽光親吻你的臉龐
你知道自己未來還是會跌倒
在眾目睽睽下忍住眼淚
再度慢慢站起來
你依舊會環視嘈雜的世界
目光尋找那半透明的塊狀固體
它願意擁抱你的痛
以它的冰冷
像陽光那樣擁抱你

海水漲滿我的雙眼

那天你問我作什麼夢
回憶那年獨自走在沙灘上
彎身　產下一枚銀色的貝
瞇眼看連緜沙灘
大大小小七彩的貝一張一闔
它們合奏悠揚弦樂
那麼美
不曾聽聞的來自大海的曲調

海水漲滿我的雙眼

昨夜我又走在沙灘上
似曾相識那枚銀色的貝
鑲在墨色天幕上
它淡淡的光澤照著我的臉
照著我腳踏的沙
一路所有的足印
四圍靜穆
海水漲滿我的雙眼

寒露

木芙蓉開出透明花朵
第一片飄墜的花瓣
夾在筆記裡
你說一定要小心守護
像我們緊握短暫秋色

芳草無情所以
煩心的事不必再提

最柔慈的月色
凝凍在那一枚印石裡
我知道不必擔心它像我愛的冰塊
總是在緊緊的注視裡融化
我知道好風景在那裡
一直在那裡

但我不知道該歡喜還是悲傷
打開筆記
所有的句子
所有的字
全部透明了

我是海葵

柔軟的觸手捕捉溫暖陽光

我是珊瑚靜靜記錄

時間的刻度

我是夏天我是念想我是最深最深的渴望

啊海那麼近，你那麼遠

卷二

海那麼近，你那麼遠

重逢

琥珀融了
封存的松針在水滴裡盪漾
你用當年的目光看著我

月光奏鳴曲

我在夢中複拓
刻在靈魂裡的紋路
（遊盪過的足跡
顫抖寫下的字……）
好讓你認出我

太多世間難解的疑惑
（更有不夠冰雪不夠玫瑰種種少女的

憂傷……）
年復一年
靜靜的腳步
夜復一夜
月光之照拂

今我站在激流中
白鷺鷥那樣安詳
踱步
也許我終於學會了等待

來世
請你認出我

雨雪霏霏

老照片的一角有你
柔和的眼眸
啊我無從知曉的你的青春
紐約的雪降在街頭
降在你的琴弦上
降在夢中
那夜我們舉杯
隔著交錯觥籌隔著海洋隔著永不停歇的冬日

台北的雨
一口飲下
你未能知曉的我的夢
台北的雨
比雪更白

遠遠望著自助洗衣店

戴耳機的少女坐在一張小板凳上
低頭盯著手機
滾筒洗衣機轟隆聲響無關緊要
大雨後小鳥啾啾
那樣美麗的童音她聽不見
三十年前坐在板凳上等待烘衣的我
也聽不見
投幣換取的時光裡

我的衣裳黃金鼠一般奮力奔跑
我就要告別
你
和一整個城市的可能
離心力甩脫的所有水分淹沒
我無法經歷的未來
我的衣裳頻頻回首
已找不到起跑點
我捧出它們
每一件都那麼潔淨
乾燥
那麼輕

向時間抄截

你的人生再度陷入等待
震盪
反覆重刷接收所有郵件
待辦事項服務顧問廣告信貸
早晨和煦的陽光微涼的風
都像詐騙

微涼風中

走過空無一人的球場
審視一顆萎靡的紅色籃球
心已掏空
靜靜沉睡在此很久了
曾在激情的手中彈跳
高飛
夏日午後陪伴一名孤獨少年
聽他心臟強勁的鼓聲

在變得焦躁以前
在終究要悲傷以前

妳拾起紅球遠遠遠遠地拋進了
那一天——

我就要航向你

遊盪過的那顆行星
聽說即將再度接近
我仍記得它紅色的天空
飄落藍色冰晶
碎在巨石上手掌上刺穿過我
但棉花糖般的植物開滿山谷
停棲紫色星星圖案的瓢蟲

我乘坐過的魚尾鳥
翅膀是張開的大傘
長著美麗犄角雪白的獸
我曾親吻過
而竟沒有為他命名

聽說那顆星即將接近
航向它我開始悲傷
我知道這裡三十年
是它一個春天

我曾以靈魂深深的擁抱過你

我們俯身凝望溪水湍流
後來你說
看小魚耳墜垂落頰邊
輕輕晃啊晃
也許是那一瞬愛上了我

你愛的也許是風啊

我在風裡吟唱
少女乾淨清涼的歌聲
逝水
流去了流去了你說
妳就是我的歌啊

「感謝妳在我記憶裡種下的花，
我已經滿足無憾了。」

閉上雙眼我看見　永恆的玫瑰
我曾以靈魂深深擁抱

舊愛

不，它只是咖啡渣
不合沖泡
啜飲
有人曬乾
護養新栽植苗
或是放進橱櫃消弭酸辛
腐苦
怨

日日月月累累異味
我卻迷信它的卜算功能
今天明天後天
是什麼心情

他甚至不會跟你談天氣

斑鳩不會再來了
他在去年春天銜來的種子
抽芽生長結成花苞
還沒看出是什麼已經凋萎了
斑鳩不會為花哀悼
他也許與你談飛過的世界
展示翅膀受過的傷
他不想聽你訴說的小事

甚至不會跟你談天氣
他吃了所有的玉米、豌豆、櫻桃
咕咕咕說完自己的故事就
飛走
好吧斑鳩也許會再來
銜來另一顆種子
在今年春天
展示新鮮的傷痕
而你會蹲在露台
土壤裡有山蘇、鐵線蕨、藍星水龍骨

致土星

今晚你是我的座騎
乘載我在星空裡跳躍
彈撥天琴
小步舞曲
遊逛天空動物園
白羊金牛獅子天鵝巨蛇麒麟
大熊小熊半人馬
美麗的海遊館

巨蟹海豚雙魚泅泳
天鷹飛過銀河

白天裡我跌跌撞撞
避不開冰雹
隕石
我想我是夜的子民

噢你才是夜的子民
土星啊
你在秋天漆黑的天幕平穩運行

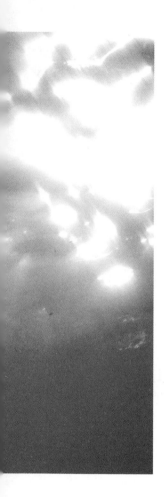

安靜如石
卻自帶光圈

有人想告訴我你的消息

雨中巴士
注視雨中紫竹雨中丁香雨中遠山
窗玻璃上雨中的雨
在無所事事的旅途
點開擱置的訊息

已讀

我在夢裡剪指甲

一片片月芽兒落下就成了清澈水滴

聽見叮鈴鈴水聲

忽醒來

貓在地板上踢牠的鈴鐺球

卷三

輕輕

精靈的小腳丫

辦公室地毯上的琴鍵已經延伸到腳邊了
我的精靈小腳丫落地輕輕
彈奏
彈奏那首好久不曾聽聞的青春舞曲
太陽下山明早依舊爬上來
花兒謝了明年還是一樣地開
祂反覆反覆反覆地彈
彈得我的青春去了又回來

回來又去了
（青春絕不停留在辦公室的！）
琴鍵被時間沖淡前精靈說要走
一鍵一鍵往上爬
我喊祂：別得那樣喲，別得那樣喲
祂回頭咯咯咯笑：
別得那樣喲，別得那樣喲
（精靈絕不停留在辦公室的！）

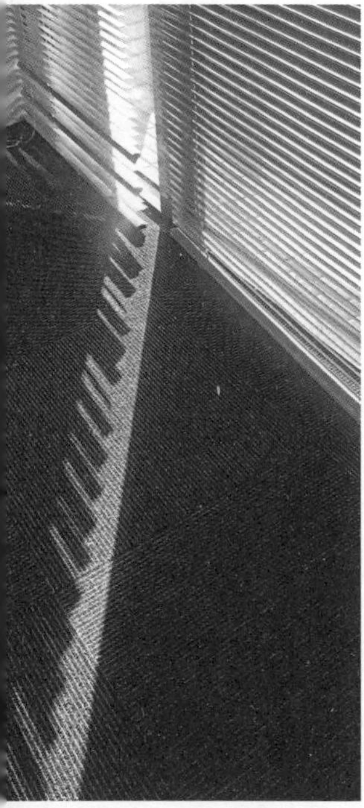

宇文正 · 攝影

我在夢裡上傳微涼的風

文字寫在流行雜誌頁面上
黃葉　皮靴　紅色酢漿草
秋天就這樣到來了

我豢養的夢中之貓輕輕
翻身
在那位恍如前世的臉友留言處
點擊

一個驚訝表情
他寫道：
請記得我
如果妳在春天裡醒來

答案

小貓不斷偷走我的眼鏡布
至今不知道那些小布藏在哪兒
拿去擦拭那片牠經常眺望湖光的
窗
天空
雲走過的痕跡
老鷹煽動的氣流
貼在玻璃上蛾的雙翅？

小貓小貓
那一片片綿軟的薄絹
是否藏在你隱密的小窩
用來擦亮這一個深冬的夢境？

證明

一片雪落下
輕輕敷在我的疤痕上
雪是白色的
雪是透明的
雪是膚色的
我證明雪的顏色
雪的不安
證明它存在過

雪證明疤痕　也有觸感
雖然不能分辨
是冰
還是痛

今天世界是圓滿的

每一天剛剛醒來時
世界是圓滿的
我還來不及犯錯
來不及蹉跎時間
還沒有想起昨天生氣的事
忘了交不出來的稿子
可以去看看陽台上的植物是否安好
可以去抱貓

讀一點小說
幾首詩
也許今天會有好事發生
也許真的不再牙痛了
也許會收到一封美麗的信
也許一場淋漓大雨後有彩虹
也許就在今天
勇士會奪冠！

——寫於二〇二二・六・十七

唉歌

牙齒是肉身
最堅硬又最敏感之地
嘴唇、顳顎關節張翕
唯命是從
唯有舌
唯有舌如喪家之犬
無處安放

敲、鑽、鑿、探、洗
五音令人魂飛心顫
心啊
我肉身之核

一聲：「好了！」
從刑椅彈起
手隱隱作痛
是左手把右手臂掐出指痕
唯有額頭一汪汗水

眼角一滴清淚
離開了我的
肉身

圖說

今早的葉黃素如鯁在喉
我重新練習吞嚥的技巧
剝水煮蛋的手眼協調
想起清晨寤寐間有誰對我說：
人生如夢啊
夢中
編輯等候我下圖說
圖片裡恍惚是一個悲傷的女人

我想看清她的眼睛
盈眶的淚水
「人生如夢啊……」
來到餐桌前我的日常
早餐後一粒魚油一粒葉黃素
我想保持視力
好在夢中看見所有
傷心的細節辨識她
來自我遺失的
哪一個夢

秋風

趁冬天未至
想把腦霧搬出來曬一曬
可是秋風在馬路上奔跑
罰他掃落葉
還愈掃愈多
這潦草的季節啊

噓

有沒有某個瞬間
你覺得一切索然？

把臉深深深深埋進貓毛裡
牠疑惑地看你一眼
重新把自己捲好
把眼前這個人甩掉

冷氣輕輕輕輕降落
在牠柔細的毛尖上
微微顫動
那是冷氣存在的意義
至於貓存在的意義？
牠把自己深深深深埋進貓毛裡

新種的燕麥苗

在小貓還沒品嚐之前

每一片葉尖都生出了一顆露珠

卷四

早晨的心事

盛夏的水花

走過社區花園小徑
水管爆裂噴吐漫天水花
少女的我會衝過去吧
淋溼就淋溼
絕不肯繞路的
今天
我
一樣衝了過去

並不為奔赴一場約會
青春的焦躁
或是迫於兩頭燃燒的生活之燭
噢，園裡結滿小紅辣椒
夏天正夏天

粉紅火鶴

你是酒杯
盛著普羅旺斯粉紅酒
我想舉杯狂飲
你總說
微醺就好
你是燭台
靜靜佇立晨禱

微風裡粉紅色佛焰從你的掌心點燃
白兔的眼睛那樣溫柔

但我要沉醉
我要烈火哀豔
我要痛快的真知
憤世的灼見我要
淚如雨下明明白白的世界

而你靜靜晚禱
流下一滴鶴的眼淚

鹿角山蘇

你把敏銳的眼送給我
你把雄健的足送給我
最美的犄角和安靜的心
留給自己

我們交換好嗎？

美麗的角啊在晨風裡輕輕搖顫

薄荷

當你覺得枯竭時
我以清澈的水滋養
你的根你的莖你的脈
每一片薄薄的葉

當你對人心感到憤慨
讓我俯身悄悄告訴你
有一種香氣充盈

清涼不假外求
即便匍匐塵世
永遠有著蜿蜒的夢想
你是薄荷
你是我日日澆灌的靈魂

姬龜背

當萬事索然時
我來到陽台看你
一片片裂葉深如峽灣
怎還能歡欣伸展？

我知道月球坑洞來自隕石撞擊
我知道女王頭經歷四千年海水侵蝕
在台北有一歪腰郵筒

是那年蘇迪勒颱風裡招牌砸出的傑作
凡事皆有緣由……

噢說說我膝上的疤痕吧，你看
小三那年上公車時被推擠刮掉了一層皮
這是左膝
幾年前奔跑仆街
這是右膝
還有我的左食指
削鉛筆時留下的淡淡的✓
每一道疤每一抹痕我記得那疼痛
那你呢？

人們說你的裂葉是美麗的
充足的陽光與水成就你的殘缺
你的圓滿

你從不告訴我
心上的裂葉呢？

兔腳蕨

你睡得那麼好
毛茸茸小腳伸出盆外
你有兔的靈巧
能披上白雲奔跑
你有柔軟的羽翼
在秋風裡展翅

鳥瞰這美麗又紛擾的世界

你有蕨類的老靈魂
山羊的沉穩
草坡上安靜咀嚼

睡吧睡吧
你無憂的神貌就是所有的領悟

颱風還不來

這颱風小心翼翼
怕驚擾我種滿夏天的陽台
窗外一隻鳥都沒有
大家屏息等待
潮水漲上來
但是月亮不會出來了
把天空讓出來
給所有的雲

所有的風
所有的雨
我的夏天排好隊
小小的鯊魚劍已經出鞘了

折下一株鯊魚劍

我愛的鯊魚劍
壓力太大駝了背
在秋意襲來的早晨我為她接生
新生的孩子有青翠的身子
怯生生向蒼天伸展

我曾愛得太深窒息過一株又一株薄荷
迷迭香

鐵線蕨
細葉雪茄花

有一個清晨
我的手指撫觸泥土
濕涼軟泥如燕呢喃
我聽見根鬚的囈語

月光下我又來
纖長手指探每一株脈息
如此輕悄徘徊
我怕驚醒了凝在葉尖的夢

孤挺花

妳說：「安靜一點好嗎？」
妳說：「這世界已經夠喧囂了！」
妳說：「噓——」
請專心
這是妳在世上第一聲啼哭
妳整天唱個不停的歌謠
琴竹琮琮流淌天山之春
床邊繾綣低語

失去朋友那一夜幽幽嗚咽
母親驟逝的哀泣
忿然向不公不義捶桌狂喊
（這時分貝達到噪音等級！）
對貓咪訴說一點一點心事
（誰的可愛誰的可悲誰怎麼還不去撞牆）
凌晨囫圇夢話
連澆花時都沒停下哼歌……
我是你的粉紅留聲機啊

小豆的夢

小豆必須不斷回望
最初
只盼是能發芽的那一顆豆子
得以伸出胖胖的胚軸
於願足矣
沒有開花的慾望
成樹的夢想

陰錯陽差被擺進曲譜
便擁有了歌

歌聲帶它躍上風中的電線
它便有了雀的形體
有了翅膀

它看見鷹飛
流下讚美的淚
萌發高空滑翔的想望

噢小豆，小豆

眼睛

那所小學圍牆上漆著標示
「家長接送區」、「安親班接送區」
鵠立等候的大人
彼此談笑、抱怨、八卦

「椰子樹葉掉落區」
沒有人站在那裡
只有一扇椰子葉奄奄匍匐

蜷曲的焦鬚是與太陽交手過的痕跡

孩童走著跑著出校門
一些小腳印踩過那掛大鬍子
奔向接住他們的手

最後走出來的那孩子
拖著腳步停在了蜷曲的樹葉前
像螞蟻遇到了障礙物先頓一頓
他用鞋尖輕撫羽葉一下
繞到葉鞘那頭端詳

咦，這是一隻睡覺的眼睛
長長的睫毛

有人喊著快點回家呀
「好啦！眼睛再見！」

睫毛簌簌一動
它忽然就看見了
稚嫩臉龐
大書包
蔚藍的天

我知道終有一天要踏上逃亡之路

我要牽著你的手

你說你的江山

我歎我的朱顏

卷五

於是我便開始流亡

祈禱

細雨靜靜扎入風中

風中飄搖的鹿子百合
黃色小粉蝶的翅膀
奔跑中的帽子
公園溜滑梯
鐵皮屋頂
野草地

湖面
透明的針知道所有的穴位
啊雨後會是更好的世界嗎？

今天的料理課

我的手秤量鹽的重量
撒入不鏽鋼調理鍋
蛤蜊將以為回到了大海
盡情吐沙

我把流理台擦拭乾淨
離開了料理課。

千分之三十五，今日海水的鹽度
這樣濃
千分之九，遠古海洋的鹽度
也是血的鹽度。

我把念頭擦拭乾淨：
不要為細瑣小事煩憂
不要輕易感動
不要又哭又笑
不要比蛤蜊更容易吐沙

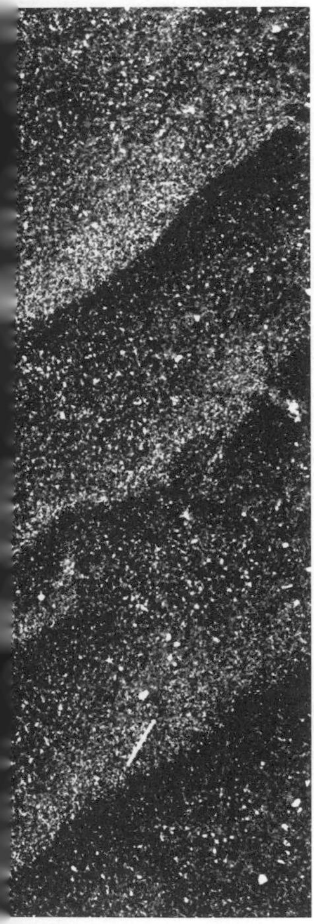

千分之六
我的眼淚的鹽度
這樣淡
淡於血
淡於海。

135 • 134

病識感

走過高峰
與低谷的中年人
都是一個安那其
安那其不對誰宣示效忠
網路掀起的所有集體意識
也絕不舉手表達同意
問我為什麼？
五十肩的緣故吧

在喧囂裡聽見主動脈剝離
黃斑部病變
腸躁症　這世界
但你說責任
責任啊導致間椎盤突出

我在針灸床上俯首
等待酸痛一針針
刺擊

請回答，木星

木星你聽我說
我大概是有病的
有一點強迫症
也許不當編輯會好？
有一點中年癡呆了
感到恐懼
因此常常唱老歌
解離人格嗎？

我一直靠寫作掩飾
憤怒調節障礙？
愈來愈嚴重了
這世界！我可以喃喃對你說到天亮嗎？

木星，在這秋夜裡你那麼明麗
看起來一點也不在乎有沒有自己的光
看起來從不需要尋找方向
永遠繞著太陽
看起來
如此沉默

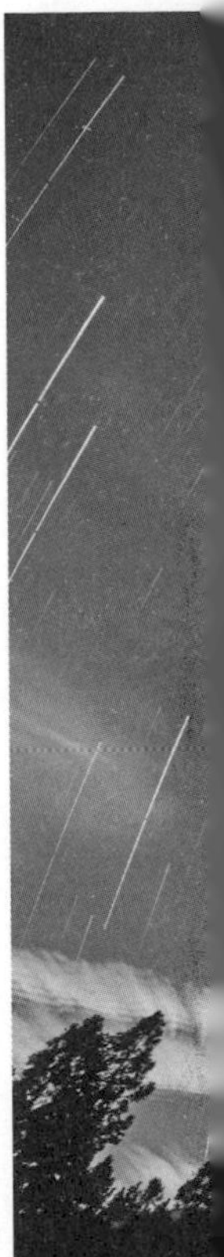

我知道青光裡有我肉眼看不到的氣流
風暴
紅色的傷痕
五十億年積累的憂傷
啊我知道這就是你
這就是你的回答
在這靜靜的黑夜裡

於是我便開始流亡

（八歲，
琅琅上口故國不堪回首月明中
十五歲，
為「夢裡不知身是客」七字淚眼迷濛
我便開始了流亡……）

我早已祕密繪製一幅地圖

從梧桐深院到蘆花深處
一重山，兩重山
我知道終有一天要踏上逃亡之路
我要牽著你的手
你說你的江山
我歎我的朱顏
那是我們從夢中醒來之時

夢裡還有家國

冥王星書簡

該不該為我悲傷
我是太陽系裡最尷尬的一顆星
被愛過又被遺忘
有人聲援有人祈禱有人嘆息
而後
在各自的軌道裡如常運行
沒有人真正在乎陽光多久才來到
我寒冷的心

我不需要你們
命名、定義、除名*
這有什麼重要呢？

（誰該為了名
奉誰之名
讓青春的肉體爆炸
讓母親流淚
讓孩子驚惶
讓街道成為廢墟
讓腥風吹

讓血雨淋
讓誰哭了誰笑了？）

我擁有高山、海洋
我有自己的軌道
作自己的夢
我是我
我是永不融化的冰

——寫於二〇二二．二．二十七

* 二〇〇五年國際天文聯合會（IAU）重新定義行星概念，將冥王星排除行星範圍，歸類為矮行星。

四周，非常非常乾燥

我在夢中結巴
腦波浮上一個
字眼
胃咕嚕咕嚕地翻攪
（把〇〇刪掉）
胸腔蹦出一句
話
膽汁倏然狂噴

（把□□□□□擦掉）

喉痛，乾啞裡醒來

陽台上
我辛勤照顧嬌弱的蘭花
有幾顆怯生生的花苞
悄悄綻開

四周
非常非常乾燥

歷史翻過了一頁

在一本大書上行走著
行走著
走到了書頁邊緣我們無路可走
跳吧，我們手牽著手騰空
跳起來
強風把書翻過一頁。
我們搖搖擺擺落下
有人停在書上

嶄新的一頁
有人跌進了另一本大書
寫著另一種語言
再也
再也無法
對話

信念

我知道自己何時最無情
對世界憤怒
也知道自己最柔和
寬容
瞇起會笑的眼睛
那時刻
我們重逢吧

看一盆開了半年而不凋萎的蘭花
小貓自動來讓我抱抱
找到一本遺失良久的絕版詩集
鏡子裡看自己氣色好好
忽然很想唱年少時的歌
這一天我們重逢吧

但這一天你喜悅
平靜嗎
好似昨天我才對未來絕望
喔，我們也許永不重聚

要怎樣看見月球的另一面
如果我們聽著同一聲暮鼓
晨鐘
還會不會一樣心跳
在安靜午夜聆聽霍洛維茲夢幻曲
一樣泫然
我想念你和我們曾相信
比萬有引力
行星運動定律
更明確的

那些我們永不需說出口的承諾
對人世間
如果我還能相信

——寫於二〇二二·七·二十八

風中

你啊風中飄搖的小黃花
是早春的風把你帶來的嗎
你以為世界柔軟如花園新土
溫暖如今天的晨光
心似你抬頭仰望的蔚藍天空
聽見麻雀啾啾好想合唱
但昨夜的雨水已經乾涸
短靴、球鞋從頭上劃過

在踏住身軀的前一刻
你以為那是前往遠方的船
倒地前你的視野終於看見
四方是堅硬冰冷的水泥
在狹縫中
你記起自己還有根：
必須把根扎得更深更遠
風中美麗的小黃花

古老的謎題

有人把門打開
讓大象走出來
牠的長鼻子把我捲向
空中
說可以看見草原上的山羊、野鹿、鼠尾草

牠臉上掛著
咧開的嘴

向上的笑

我不想跟大象和好

我想要靜靜看窗玻璃上的眼淚
午後的烏雲臭一張臉
屋簷下風中顫抖的小米菊

我其實想把大象關進冰箱
人們說只要把冰箱門打開來
大象就會走進去

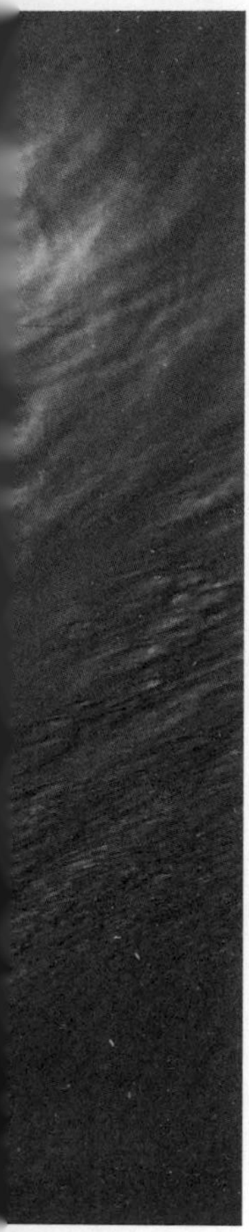

人們說謊
大象從不自己走進冰箱

——寫於二〇二三・七・七

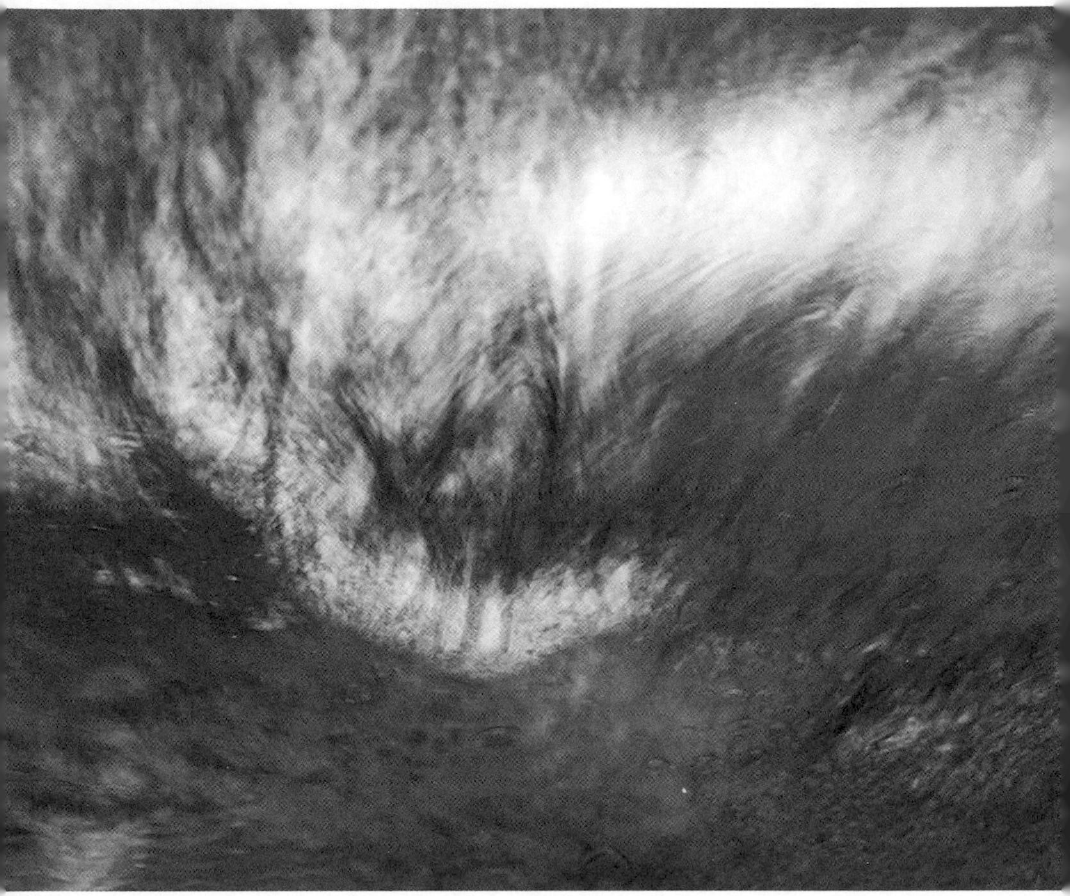

天王星書簡

再也不要稱我天神！
我無法判決
誰的血液更鮮紅
嬰孩的哭聲更悲切
少年憤怒的胸膛跳動得更劇烈
我不知道累世的恨從何處起算
誰恐怖誰殘酷誰狡詐
誰應該流離失所

誰該被殲滅
逃亡的走道有熊熊赤燄
和平之路漫天謊言
我蒼白的球體在極晝與極夜之間擺盪
沒有人能被撫慰
沒有！

——寫於二〇二三．十．十三

地下鐵的風一陣一陣

吹進我鼻

吹進我眼

吹進我耳

吹進我

心

卷六

一念霜融

只要看著你的身影就感到孤獨

這條溪流曾經改道
我在意，蒼鷺不在意
昔日河床長出了自助洗衣店
印度餐廳小七美髮屋
蒼鷺都不在意

那年溪水暴漲
滔滔濁水漫淹堤防

雨下了很久很久很久
雨後的世界是另一個世界
尋找你的背影的橋頭已經
不是那年的橋頭

蒼鷺靜靜踱步橋下
牠的身影
如此孤單

父親

爸爸那時是一名年輕海軍
所在的軍艦受命執行任務
炸毀另一艘擱淺軍艦
一九四九大撤退
寧炸毀也不能把軍艦留給敵人
還有同袍在那艦上啊
他為他們立了共同牌位終生供奉
年老病衰時

他說著有兩艘軍艦在大陳島
混亂中，他上錯了船⋯⋯

公公那時是一名陸軍士官長
他告訴孫兒
八二三砲戰時有一顆炸彈
剛剛好落在他的臉盆
剛剛好他轉身離開
剛剛好
他活了下來
他說話很大聲
這一生，他的耳裡迴盪著身後的爆炸

他們能走漫長的道路
省水省電省吃省穿
珍惜一花一木一瓦一紙
他們總是自己縫釦子
自己煮家人不屑吃的雜糧粥
從不麻煩別人因為
他們好年輕便和命運之神交手
未曾誦經便知曉
無常
不可思議

他們從不道鄉愁
只是一遍一遍做出記憶裡的家鄉菜
他們從不訴說想念
只是一遍又一遍做出母親的味道
哺育在這片土地長大的兒女

他們埋骨在這裡
他們是我的父親

一念霜融*

地鐵下的風從哪一站
哪一個入口灌進來的呢？
攜帶遠方轟隆隆硝煙
親人呼喊情侶呢喃路人甲乙寒暄
藝人怨憎慾愛網路征伐官員暴怒謠言
謠言四起
成分不明溫度偏高
地下鐵的風一陣一陣

吹進我鼻
吹進我眼
吹進我耳
吹進我
心

悠忽一涼
是誰啊是誰對我說
那呼嘯來自我耳
來自我眼
來自我鼻
我心

*「一念霜融，悉皆清淨」出自《八十八佛洪名寶懺》。

寶寶*

當禮儀師說道祝你早日脫離畜牲道
我一時呆住
這世間許多事我想不明白
比如想不明白
做人比做狗兒貓兒更好嗎？
比做麻雀大翅鯨更好嗎？
這些生命這樣美麗如你

寶寶，你是最美麗的一隻小狗
十年前你來到我的身邊
我像初為人母般喜悅
說：現在我是有狗的人了
昨日清晨你喊醒我
在我懷裡靜靜離去
我不會說，如今我是沒有狗的人了
我不會說。

你給我所有的信任
體貼

驕傲
愛
都安好地住在我的心房

寶寶我不知道你到哪裡去了
這世間許多事情我想不明白
比如一隻小狗的心靈世界
對於生命的洞澈
否則你不會喚醒我
讓我在清晨擁你入懷

太寂靜了
沒有狗叫聲太寂靜了。

——寫於二〇二〇．十．十三

＊我的小狗寶寶這一年來為心臟病所苦，昨日清晨六時在我懷裡安詳辭世。今早於萬里翡翠森林寵物公園火化。這兩日淒風苦雨，我們將等待一個明麗的晴天為寶寶樹葬。

眼淚是熱的

此刻溼寒風雨使我顫抖
白色百合白色桔梗在漉漉草地上顫抖
我的靈魂深深一顫
沒事了，風說
是誰輕輕吹暖我的手心
像昔日天天趴在胸口
我的小小熨斗
我的小小圍巾
脖子暖了

耳朵暖了
鼻子暖了
眼睛也暖了
眼淚是熱的
呼出的空氣是熱的
遠方的海是熱的
雨過之後
今晚的月光也會是熱的
寶寶，
你是最暖的白色精靈

——寫於寶寶過世七．七前夕
（二〇二〇．十一．二十九）

停

日月潭

我看過乾涸的你
枯木倒臥如巨獸化石
蕨葉藤蔓成燼
蝴蝶是風中飛舞的紙灰
你說不要為我流淚

秋天我來

你心如鏡
浩渺生煙

伏流與二泉

高中地理讀到中國西南部的石灰岩地形，課本上出現一個陌生名詞「伏流」，把我從昏昏欲睡裡喚醒。老師大致是這樣描述的：在石灰岩地形分布地區，雨水或者地下水長時期的溶解侵蝕，形成千溝萬壑的地表特徵。有時地面上的河流，中途忽然流入岩洞，在地下流動，便形成「伏流」。伏流流經一段距離後，也可能以泉水的形式重新露出地表。

我的腦子在文學路途上，歷經長年的思索、閱讀、感受，早已刻成千溝萬壑。而有一道伏流，不知自何年何月，靜靜地流入了岩洞，在地下緩緩流淌。那是詩。二〇二〇年我出版了第一部詩集《我是最纖巧的容器承載今天的雲》。那些詩，如泉水湧出。

我曾這樣描繪這道伏流：

散步
讓心肺交換新鮮空氣
收集華麗的鞘翅、鷹的剪影
也許就能繪製風從琴弦縫隙通過的形狀

顫抖的葉子　被刑克的這一個秋天
以及露珠
究竟帶著什麼一起凝固。（關於忽然寫小詩）

詩集付梓後，我心想，書寫小說散文多年，能有一本詩集留念，真是無憾了，也許不會再有第二本了。

*

我一直喜愛中國古典音樂，敲過揚琴，也做過國樂記者，若要問我最喜歡的樂器，還是二胡。揚琴音色清揚，歡快時如飛珠濺玉，也許更接近我明朗的天性。琵琶能文能武，圓潤、沉鬱，甚而殺伐皆能表達；

古琴悠遠沉吟，這兩者是在其他民族中難有可比擬的獨特樂器。也愛竹笛，對於自然的歌詠描摩，是竹笛的拿手戲。巴烏最特別了，我第一次聽到有人以巴烏演奏〈漁歌〉，灑脫的漁樵之心，我竟聽得淚流滿面，以為是前世的召喚。然而真若只能選擇一項樂器，最愛的大概還是二胡，它與人的聲腔接近，我以為最貼近靈魂的節律。

名曲〈二泉映月〉是欣賞二胡的必修。樂曲如水墨淡筆勾勒古典中國的田園夜色，力度時而強，時而弱，在強弱反覆的變幻中譜寫深沉的人生況味。作者阿炳原稱呼它〈依心曲〉，或是〈自來腔〉。我年少時聽聞〈二泉〉錄製時的軼事非常神往。學者楊蔭柳為民間音樂家阿炳錄音，但是錄音帶不夠了，樂曲就停止下來，停止在那一聲輕顫的長音。後來，每一次聽完那一聲末尾的長音，我便自動在心底輕吟這樂曲初始的引子，那短短的六個音，啦唆啦發咪蕊——是一個新的輪迴。〈二泉〉可以永無止境的演奏，結束，也是開始，真使我心動不已。

這部詩集若依創作時間，第一首應是〈這一季沒有野薑花〉。我坐在辦公桌前，忽而恍然在火車車廂中，一把溼漉漉新鮮的野薑花出現在意識裡，我莫名地在電腦前飛快描繪了腦海裡的畫面：

那是一個古老的火車站
售票小木窗口排著三兩個人
你從門外的光裡走進來手上抱著一大把野薑花
我不知道我們爲什麼出現在這個火車站
這是哪裡
我好像並沒有心思等待什麼人

準備要到哪裡去
只是在人生沒什麼意思的煩躁裡忽然看見你
沾著露珠或是雨水
又或者根本是從小河撈上來的一大把新鮮野薑花
你從哪弄來的啊？
火車移動了
我在火車裡一直在火車裡

在第一本詩集出版若干個月之後，這一首詩如泉水般湧了出來。結束，也是開始。我以為第一本詩集，是創作生涯意外的插曲。詩的伏流竟能再度湧出，我充滿感謝。

海水漲滿我的雙眼　　看世界的方法 252

作者——宇文正
攝影——孫晨哲 C.C. Tomsun

封面設計——Bianco Tsai
責任編輯——施彥如

發行人兼社長—許悔之
總編輯——林煜幃
副總編輯——施彥如
執行主編——魏于婷
美術主編——吳佳璘
行政專員——陳芃妤

藝術總監——黃寶萍
策略顧問——黃惠美・郭旭原
郭思敏・郭孟君
顧問——施昇輝・林志隆・張佳雯
法律顧問——國際通商法律事務所
邵瓊慧律師

出版——有鹿文化事業有限公司｜台北市大安區信義路三段106號10樓之4
T. 02-2700-8388｜F. 02-2700-8178｜www.uniqueroute.com
M. service@uniqueroute.com

製版印刷—沐春行銷創意有限公司

總經銷——紅螞蟻圖書有限公司｜台北市內湖區舊宗路二段121巷19號
T. 02-2795-3656｜F. 02-2795-4100｜www.e-redant.com

ISBN——978-626-7262-60-3
初版——2024年2月
定價——380元

海水漲滿我的雙眼 / 宇文正 著 —初版・—臺北市：有鹿文化，2024.02・面；（看世界的方法；252）
ISBN 978-626-7262-60-3　　863.51………112021875